A joia

Artur Azevedo

Copyright © 2013 da edição: Editora DCL – Difusão Cultural do Livro

Equipe DCL – Difusão Cultural do Livro
DIRETOR EDITORIAL: Raul Maia

Equipe Eureka Soluções Pedagógicas
REVISÃO DE TEXTOS: Joana Carda Soluções Editoriais

Texto em conformidade com as novas regras ortográficas do Acordo da Língua Portuguesa

Dados Internacionais de Catalogação na Publicação (CIP)
(Câmara Brasileira do Livro, SP, Brasil)

Azevedo, Arthur, 1855-1908.
A jóia / Arthur Azevedo. -- São Paulo : DCL, 2013. -- (Clássicos literários)

ISBN 978-85-368-1633-3

1. Teatro brasileiro I. Título. II. Série.

13-01026   CDD-869.92

Índices para catálogo sistemático:
1. Teatro : Literatura brasileira 869.92

Editora DCL – Difusão Cultural do Livro
Av. Marquês de São Vicente, 1619 – Cj.2612 – Barra Funda
CEP 01139-003 – São Paulo/SP
Tel.: (0xx11) 3932-5222
www.editoradcl.com.br

Sumário

Ato primeiro
Cena I 5
Cena II 6
Cena III 7
Cena IV 8
Cena V 9
Cena VI 11
Cena VII 12
Cena VIII 17
Cena IX 18

Ato segundo
Cena I 21
Cena II 23
Cena III 24
Cena IV 26
Cena V 26
Cena VI 34
Cena VII 36
Cena VIII 37
Cena IX 39

Ato terceiro
Cena I 40
Cena II 46
Cena III 46
Cena IV 47
Cena V 48
Cena VI 50
Cena VII 53
Cena VIII 54
Cena IX 55

Drama em três atos

[Em versos]

PERSONAGENS

Valentina
Joaquim Carvalho
João de Souza
Gustavo
Um Joalheiro
Um Sujeito
Rio de Janeiro, 1874

ATO PRIMEIRO

Sala de visitas em casa de Valentina. Duas portas de cada lado e duas janelas de sacada ao fundo. À esquerda do espectador, sofá; ao lado deste, poltrona. À direita, escrivaninha, com preparos para escrever. Cadeiras, consolos com porta-joias, estatuetas, quinquilharias, etc. Nos intervalos das portas, gravuras ricamente emolduradas. Reposteiros de lã em todas as portas e cortinas de rendas às janelas. Piano. Tapete. Lustre de gás. É dia.

Cena I

[Valentina, Um Sujeito]

(Valentina está sentada na poltrona, de penteador branco. O sujeito de pé, pronto para sair, de chapéu na cabeça, tem uma das mãos entre as dela)

VALENTINA — Adeus. De mim não se esqueça
Nem do número da porta.
O SUJEITO — Não.
VALENTINA — Se, de saudades morta
Me não quer ver, apareça.
O SUJEITO *(Aborrecido)* — Adeus.
VALENTINA — Adeus. *(Ele vai saindo)* Até quando?
O SUJEITO *(Parando)* — Prometo voltar bem cedo.

VALENTINA — Não minta.
O SUJEITO — Não tenhas medo!
Pois eu vivo em ti pensando. *(Sai)*

Cena II

[Valentina, só]

VALENTINA — Pensando em mim!... Na verdade,
o tempo emprega bem mal,
(Abrindo o envelope que o sujeito lhe tem deixado nas mãos)
Sim senhor, foi liberal.
Quanta generosidade!...
(Erguendo-se, e como que dirigindo-se ao sujeito que acaba de sair)
Bem! cá fica arquivado
no livro dos preciosos... *(Tirando três cédulas do envelope)*
Que três bilhetes formosos!
Fazem-lhe falta... Coitado...
Sei de dois credores seus
que a porta não lhe abandonam,
e sei também que tencionam
mandar citá-lo... *(Outro tom)* Ora, adeus!
Deixemos estas lembranças...
Fechemos a porta à chave...
(Vai fechar a porta da esquerda, segundo plano, e voltando à cena, vai abrir uma das gavetas da secretária)
E, nesta solidão suave,
vamos tratar de finanças.
Esta semana rendeu!
A receita, com certeza,
cento por cento a despesa
nestes dias excedeu.
(Senta-se à secretária, donde tira um monte de notas de banco, que põe-se a contar)
Dez, vinte, trinta, quarenta,
cento e quarenta, duzentos,
trezentos, e quatrocentos,
quinhentos e cinquenta,
seiscentos... — Que nota antiga!
Não estará recolhida? *(Guarda pressurosa o dinheiro, por ouvir bater à porta)*
Quem está aí?

A jóia

GUSTAVO (*Fora*) – Sou eu, querida!
VALENTINA (*Erguendo-se*) – Gustavo?
GUSTAVO (*Fora*) – Sim, minha amiga.
(*Valentina vai abrir a porta a Gustavo, que entra*)

Cena III

[Valentina, Gustavo]

VALENTINA (*Apertando-lhe a mão*)
– Não te esperava já, palavra de honra!
GUSTAVO – Já?
Querias que eu ficasse eternamente lá?
VALENTINA – Deste-te bem?
GUSTAVO – Então? Não vês como estou nédio?
Para o blazé não há mais eficaz remédio
do que passar um mês de vida regular
onde os prazeres são difíceis de encontrar.
O físico e o moral a roça purifica:
tens precisão também da roça, minha rica.
(*Repoltreando-se na poltrona*)
Dize-me cá: tem vindo o deputado?
VALENTINA (*Encostando-se ao espaldar da poltrona*) – Tem.
GUSTAVO – O João Ramos?
VALENTINA – E o Pimenta?
VALENTINA – Também.
GUSTAVO – Que bons amigos tens! Sou eu que tos arranjo!
Em consideração deves tomar, meu anjo...
VALENTINA (*Descendo à cena*)
– Pois queres mais dinheiro?! És exigente.
GUSTAVO – Sou;
mas vê lá também a roda que te dou!
VALENTINA (*Sentando-se à direita*)
– Não trouxeste o melhor dos que aqui vêm agora.
GUSTAVO – Quem é? Não é segredo?
VALENTINA – Um tipo que me adora!
Um fazendeiro rico e velho que supõe
ser ele só que os pés em minha casa põe.
GUSTAVO (*Com interesse*)
– E onde foste encontrar esse tesouro raro?

7

VALENTINA — No Prado Fluminense. Eu vi-o, deu-me o faro, sorri-lhe, ele sorriu-me... Eu dei-lhe o meu cartão.. Veio. Adora-me e... crê que tenho coração.
GUSTAVO — Um fazendeiro é mina; e quanto mais se explora, mais ouro dá!... Pois bem, caríssima senhora, — não é por me gabar — acredito que o seu é muito bom, mas tenho um ótimo!
VALENTINA — Tu?
GUSTAVO — Eu.
VALENTINA *(Erguendo-se)* — Onde ele está?
GUSTAVO *(Idem)* — Depois... depois nós falaremos...
VALENTINA — Mas que custa dizer?
GUSTAVO — Tempo de sobra temos.
VALENTINA — Mas dize-me...
GUSTAVO — Não posso agora; logo mais voltarei.
VALENTINA —'Stás com pressa?
GUSTAVO — Estou.
VALENTINA — Aonde vais?
GUSTAVO — Subi só por te ver. Espera-me um amigo que convidado está para almoçar comigo.
VALENTINA — Bem; vai e volta.
GUSTAVO — Dá-me uns cinquenta mil-réis.
VALENTINA *(Vai à secretária e conta o dinheiro)* — Com muito gosto. É já... Dois, quatro, cinco, seis... Dez e dez vinte, e trinta... Ah! Cinquenta... Pega!
(Dá o dinheiro a Gustavo que o guarda)
GUSTAVO — Obrigado. Até logo! *(Sai por onde entrou)*
VALENTINA — Adeus. *(Só)* Supõe-me cega... Com tal balela quis uns cobres me apanhar! *(Fechando a porta)* Enfim... Vamos a ver... Bem posso me enganar.

Cena IV

[Valentina, só]

(Senta-se de novo à secretária, abre-a e recomeça a contar dinheiro)
VALENTINA — Terminemos esta conta... Três contos... quatro e quinhentos... e seiscentos... setecentos...

Quase a cinco contos monta
desta semana a receita!
Vamos conferir... *(Toma a pena)* O Ramos
deu-me na quarta... – Escrevamos –
oitocentos de uma feita...
(Escrevendo) "Oitocentos". *(Pensa)* O Pimenta
aquele broche me deu
que há três dia me rendeu
trezentos e cinquenta...
Entregou-me o deputado
todo o subsídio. Que bolo!...
É justo: um fútil, um tolo,
que só diz "muito apoiado"
e ganha um conto e quinhentos. *(Escreve)*
Deu-me no dia seguinte
Mais quatro notas de vinte...
O Sá tem dado trezentos...
O fazendeiro... *(Batem à porta)* Quem é?
Já lá vou!
(Guardando o dinheiro que estava espalhado)
Deve estar certo...
Levo isto ao Banco, que é perto,
daqui a pouco. *(Batem de novo)* Olé! Olé!
Com que pressa está!

O JOALHEIRO   *(Fora)* – Estou!
Não se acha em casa a senhora?
VALENTINA   – Se quer, espere!
O JOALHEIRO   *(Fora)* – A demora
é pequenina.
VALENTINA   – Lá vou.
(Vai abrir a porta: entra o joalheiro com uma caixa de joias na mão)

Cena V

[Valentina, O Joalheiro]

VALENTINA   – Ah! é o senhor!
O JOALHEIRO   *(Abrindo a caixa, deixa ver um formoso par de bichas de brilhantes)*
– Ora veja!

VALENTINA — Vem aqui tentar-me, aposto!
O JOALHEIRO — Não tentei nunca, nem gosto
de tentar quem quer que seja.
(Entregando a joia a Valentina que a examina)
Venho mostrar-lhes uns brilhantes
como os Farâni não os tem;
Se os quer comprar, muito bem!
Se os não quer, passo adiante.
Não tento... não sei tentar...
Apenas lhos ofereço...
Nem sequer os encareço...
Isto é pegar, ou largar!
Veja bem que são granditos!
Sem jaça... veja... sem jaça...
Examine... veja... faça
O que quiser.
VALENTINA — São bonitos!
O JOALHEIRO — 'Stou a vendê-los disposto:
se lhos vim mostrar agora,
é porque sei que a senhora
pode comprar, e tem gosto.
Não tento... tentar não vim...
VALENTINA *(Fechando ao caixa)* — E baratinho mos vende?
O JOALHEIRO — Ora, a senhora compreende
que dois brilhantes assim...
de dez quilates!... É boa!
VALENTINA *(Abrindo de novo a caixa)* — Dez quilates?
O JOALHEIRO — Está visto!
VALENTINA — Porém quanto valem?
O JOALHEIRO — Isto
não são brilhantes à toa!
VALENTINA — Bem vejo! Que tentação!
(Vai ao espelho e chega uma das bichas à orelha)
O JOALHEIRO — Não são joias de mascates,
brilhantes de dez quilates...
sem jaça... como estes são!...
VALENTINA — Mas o preço?
O JOALHEIRO — Ora, avalie...
A senhora os tem comprado...
VALENTINA *(Descendo)* — Quatro contos!
O JOALHEIRO *(Tomando a joia)* — Obrigado!
Por favor não calunie

A jóia

	os meus brilhantes! *(Mostrando-lhos)* Repare!
	Cravados em dois anéis,
	davam dez contos de réis!
	Ambas as pedras compare:
	são iguais... não vale a pena
	separar...*(Fecha a caixa)* Dou-lhe os marrecos...
VALENTINA	– Por quanto?
O JOALHEIRO	– Por seis contecos.
	A diferença é pequena...
VALENTINA	– Não tenho dinheiro agora;
	leve os brilhantes. Adeus! *(Vai sentar-se à direita)*
O JOALHEIRO	– Ora por amor de Deus!
	Que não mos pague a senhora,
	mas algum...

Cena VI

[Valentina, O Joalheiro, Joaquim Carvalho]

(Joaquim Carvalho entra pela esquerda, segundo plano, sem reparar no joalheiro que, de costas voltadas para ele, limpa as bichas com o lenço)

CARVALHO	– Cá vou entrando.

(Tomando as mãos ambas de Valentina)

	Como estás?
VALENTINA	– Bem, obrigada.
	Mas de saudades ralada...
	e você nem se lembrando
	talvez que existo!
CARVALHO	*(Protestando)* – Ó minha...

(Vendo o joalheiro interrompe-se)

	Quem é aquele senhor?
VALENTINA	– Um caixeiro.
CARVALHO	– Manda-o pôr
	a panos.
VALENTINA	– Uma continha
	vem receber, e não há
	com que pagar...
CARVALHO	– Não me espanta!
	Gastas tanto, minha santa!

11

Queres dinheiro? *(Tirando a carteira)* Aqui está.
Quanto lhe deves?
VALENTINA – Pouquito:
oitenta mil réis.
CARVALHO – É pouco. *(Dando-lhe uma nota de cem mil réis)*
Paga, e fica tu com o troco,
enquanto eu leio o Mosquito.
(Senta-se à direita e lê um periódico de caricaturas que vai buscar sobre a secretária. Valentina dirige-se ao joalheiro)
O JOALHEIRO *(A meia voz)* –'Stá terminado o negócio?
VALENTINA *(Idem)* – Vá para casa, que em breve
alguém procurá-lo deve.
O JOALHEIRO – Se não estou eu, está meu sócio.
Se uma decisão dar pode...
VALENTINA – Irei eu mesma em pessoa
em meia hora!
O JOALHEIRO – Essa é boa!
Não quero que se incomode,
nem tenho mais pretendentes...
VALENTINA – Em meia hora lá estou.
O JOALHEIRO – Bem! bem! descansado vou.
VALENTINA – Até logo! *(O joalheiro sai por onde entrou)*

Cena VII

[Valentina, Joaquim de Carvalho]

CARVALHO *(Deixando periódico)* – Impertinentes
são estes credores!
VALENTINA – São por isso é que me coíbo
de dever muito;
CARVALHO – E o recibo?
Pediste-lho?
VALENTINA – E por que não?
(Aproximando-se de Carvalho e passando-lhe o braço em volta do pescoço)
Por que não vieste esta noite?
Ai, que saudades eu tive!
Para a mísera que vive
de teu amor, fero açoite
é tua ausência! Sozinha

A jóia

	a noite inteira passei... Lembrei-me tanto... Nem sei mesmo por quê...
CARVALHO	– Coitadinha!
VALENTINA	*(Sentando-se num tamborete, aos pés do Carvalho)* – Porém. vamos lá saber: e tu?... tu como passaste?
CARVALHO	– Assim...
VALENTINA	– De mim te lembraste?
CARVALHO	– De ti me posso esquecer? E tu?
VALENTINA	– Muito despeitada...
CARVALHO	– Por que, meu bem?
VALENTINA	– Faze ideia: desejar uma teteia e não poder... Que maçada!
CARVALHO	– Não poder o quê?
VALENTINA	– Comprá-la.
CARVALHO	– Por que comprá-la não podes?
VALENTINA	– Pois pensa que a dão de godes?
CARVALHO	– Se é muito cara, deixá-la!
VALENTINA	– É difícil esquecer!
CARVALHO	– Dificuldades não vejo...
VALENTINA	*(Erguendo-se)* – Sufocar o meu desejo! Matá-lo logo ao nascer! Esquecer! Fora um suplício! Pois desejar hei de em vão! *(Batendo o pé)* Oh! não! não!... Mil vezes não!...
CARVALHO	*(Erguendo-se)* – Mas eu não digo...
VALENTINA	*(Evitando-o)* – Outro ofício!
CARVALHO	– Menina, não te exacerbes! Se queres a tal teteia, não me faças cara feia, que dentro em pouco a recebes!

(Tomando o chapéu que deixou na cadeira perto da secretária)

	Dize-me o que é que num salto, vou buscá-la. Dize! o que é?...
VALENTINA	*(À parte)* – Parece estar de maré... Preparemos este assalto!...
CARVALHO	– Algum chapéu enfeitado pras corridas de amanhã? Algum vestido de lã?

VALENTINA (*Com desprezo*) – Lã.
CARVALHO – Ou seda.
VALENTINA – 'Stá enganado.
  É um capricho.
CARVALHO (*Deixando o chapéu*) – Ah! caprichas?
VALENTINA – Procure.
CARVALHO – É coisa que enfeita?
VALENTINA – É uma cosa que se deita
  nas orelhas!
CARVALHO – Umas bichas?
VALENTINA – Tem talento: adivinhou!
(*Senta-se no sofá*)
CARVALHO – Nas orelhas... Pois quem julga
  não sejam bichas? (*À parte*) Coa pulga
  atrás das minhas estou.
  De que são as bichas?
VALENTINA – Ora!
CARVALHO (*À parte*) – Estes caprichos aleijam...
VALENTINA (*Erguendo-se*) – Pois há bichas que não sejam
  de brilhantes?
CARVALHO – Sim, senhora:
  há bichas de coralina;
  há de esmeralda, safira,
  de pingos d'água...
VALENTINA – Mentira!
CARVALHO – Não me desmintas, menina!
  Aos teus desejos conforme
  'stou, mesmo quando caprichas;
  mas entre teteias e bichas
  há uma diferença enorme!
VALENTINA – Em quê?
CARVALHO – No preço: a teteia
  é sempre coisa miúda,
  e as bichas, Deus nos acuda!
VALENTINA – Nem tanto assim!
CARVALHO – Faço ideia que essas, que desejas tanto,
  custam dois contos!
VALENTINA (*Irônica*) – Ou três!
  Sem os brilhantes talvez...
CARVALHO (*Benzendo-se*) – Padre, Filho e Esp'rito Santo!
VALENTINA – Valem dez contos de réis;
  o dono, que é meu amigo,

A jóia

	além de freguês antigo, deixa-as...
CARVALHO	– Por quanto?
VALENTINA	– Por seis.
CARVALHO	– Seis contos!
VALENTINA	– Então não valho seis contos, meu... Que chalaça! Não me lembra a tua graça!
CARVALHO	*(Sombrio)* – Joaquim dos Santos Carvalho.
VALENTINA	– Meu Quincas, meu Carvalhinho, meu primeiro amor!
CARVALHO	*(À parte)* – Tramoias.
VALENTINA	– Uma mulher que quer joias é o mesmo que o nenezinho que quer balas!
CARVALHO	*(À parte)* – Não sou zebra, que, se quer balas alguém, compra-as a três por vintém; e recebe uma de quebra. *(Alto)* Menina, deixa os brilhantes para essas escandalosas que contam dúzias e grosas de indiferentes amantes. Tu, meu bem, que não és destas, que só me tens, que não vives para prazer dos ouvires, compra umas bichas modestas...
VALENTINA	*(Desdenhosa)* – Modestas...
CARVALHO	– Iguais a umas que comprei para a Qué-qué...
VALENTINA	*(Arrebatadamente)* – Oh! essa Qué-qué, quem é? Quero saber!
CARVALHO	– Não presumas que seja alguma cocote: é minha mulher.
VALENTINA	– Se acaso me mentes, vai tudo ao raso!
CARVALHO	– Eu, nem mesmo em rapazote Nunca menti.
VALENTINA	*(Acariciando-o)* – Ó meu Quincas! *(Desatando a chorar)* Mas ah! que não me conheço! Imploro... peço... Pareço uma mendiga!

15

CARVALHO	*(Tomando-a nos braços com interesse)* – Tu brincas!
VALENTINA	– E quem me avilta? É este homem que tanto amor me inspirou! Que mais me resta? Que sou? Minhas ilusões se somem, e para sempre! Não voltam! Cruéis desenganos surgem! Contra mim os céus de insurgem e os infernos se revoltam! Amor! qual amor! É peta! *(Soluçando)* E eu, desgraçada! que adore... *(Senta-se no sofá)*
CARVALHO	*(Aproximando-se dela com mimo e bonomia paterna)* – 'Stás tal e qual a Ristóri na Maria Antomieta
VALENTINA	*(A fingir um ataque de nervos)* – Ah! Ah!..
CARVALHO	– Meu Deus! o que é isto?!
VALENTINA	*(A espernear)* – Socorro!...
CARVALHO	*(Percorrendo a cena)* – Jesus!
VALENTINA	– Socorro! Eu morro!
CARVALHO	*(Atarantado)* – Qual morres!
VALENTINA	– Morro! Quem me acode?
CARVALHO	– Jesus Cristo!... Que devo fazer? Eu vou... Queres médico?
VALENTINA	– Decerto.
CARVALHO	– Há doutor por aqui perto? Corro a chamá-lo!
(Na ocasião em que toma o chapéu, Valentina ergue-se)	
VALENTINA	– Passou.
CARVALHO	*(Deixando o chapéu)* – Pois os médicos da corte são bens bons; basta fazer tenção de os chamar, pra ver o doente livre da morte!
VALENTINA	*(Depois de alguns momentos, angustiada)* – A provação foi atroz... Foi cruel o sofrimento... Porém, desde este momento não há mais ente nós.

(Sai pela direita, segundo plano)

Cena VIII

[Carvalho, só]

 CARVALHO *(Depois de alguma pausa)*
– Se eu não fosse um covarde,
que bela ocasião para me por a andar...
(Pegando o chapéu,) Ainda não é tarde!
Nem um momento mais eu devo aqui ficar!
(Dispõe-se a sair, e para, olhando para a porta por onde entrou Valentina)
Encerrou-se na alcova!
'Stá soluçando a triste... o seu amor maldiz...
Oh! que eloquente prova
de que ela me estremece e de que sou feliz!
(Colocando o chapéu sobre uma cadeira e o sobretudo nas costas da poltrona. Resoluto)
Não! não sairei! Fico!...
Mas a colheita?... a safra? os filhos e a mulher?
Eu sou bastante rico
e posso demorar-me o tempo que quiser!
Fui sempre ótimo pai, fui ótimo marido:
é muito que um momento eu me esqueça de mim?
Hei de voltar melhor assim fortalecido...
Oh! maldito o momento em que a cidade vim!
(Pausa) E se eu pilhado for coa boca na botija?
Não me posso entender!
Não sei para que lado os passos meu dirija!...
sou preso por ter cão e preso por não ter!
(Dirigindo-se à porta por onde saiu Valentina)
Ela está mal comigo... as pazes fazer vamos...
Prometo dar-lhe a joia; e, quando a vir, direi
que é muito cara... e tal... Depois nós combinamos!
E uma joia barata então lhe comprarei...
(Ajoelha-se à porta) Vamos lá... vamos lá... Meu anjo... Valentina...
dentre os soluços teus soluça o meu perdão
Não zangues-te, meu bem; não chores mais, menina...
Abre-me a porta, já... Vem cá, meu coração!

Cena IX

[Carvalho e Valentina]

(Valentina está pronta para sair. Tem os olhos vermelhos. Dirige-se à secretária e guarda em uma bolsa que traz na mão as notas de banco, que tira da gaveta sem que Carvalho veja)

CARVALHO — Menina, dos calcanhares
olha que não me levanto
nem mesmo a cacete, enquanto
teu perdão me não lançares!

(Valentina acaba de guardar o dinheiro e desce à cena, fingindo que chora, mas rindo-se à socapa. À parte)

VALENTINA
Coitadinha! que lamúria!
— Sei que não tenho o direito
de exigir nenhum respeito,
de perdoar uma injúria...
Vocês têm razão: enxerguem
na mulher que cai somente
a meretriz impudente,
que nem as lágrimas erguem.
Tem graça o perdão! De rastros,
sou eu que devo alcançá-lo!

(Ajoelha-se também. Ficam ajoelhados defronte um do outro)
Sou perdida e quis amá-lo!
Sou lama: quis ir aos astros!

CARVALHO — Um astro és! És minha lua,
és minha lua querida!

VALENTINA — Sua sombra, refletida
num charco imundo da rua,
serei...

(Ergue-se e vai sentar-se na poltrona)
Meu pobre passado!
Tu onde estás? onde fostes?
— Dá licença que me encoste
ao seu capote? - Obrigado.
Eu tive a flor dos maridos...
Que quer? Não havia meio
de amá-lo! Um dia deixei-o.
deu um tiro nos ouvidos!

A jóia

                                  Como mariposa inquieta,
                                  pousei aqui e ali...
                                  Amar jamais consegui...
                                  mas encontrei-te... poeta!...
(Vai arrebatadamente colocar-se outra vez de joelhos, defronte de Carvalho)
    CARVALHO   *(Admirado)* – Poeta!...
    VALENTINA   – Poeta, repito!
                                  A ti não parecia;
                                  mas tinhas tanta poesia!...
                                  Escuta: não és bonito...
                                  já não és novo, sequer...
                                  És calvo, tens nariz grande;
                                  mas nisso mesmo se expande
                                  meu coração de mulher.
                                  Não sou vulgar... amo o horrível,
                                  e és horrivelmente belo!
                                  Ao teu carão amarelo
                                  meu coração foi sensível...
                                  Um instante me pareceu
                                  – mas, ai de mim, me enganara –
                                  que tu, com tão feia cara,
                                  deverias ser só meu!
                                  (Erguendo-se) Sim, o velho mundo espante-se
                                  e belas razões deduza:
                                  seis contos você recusa
                                  a tanto afeto! – Levante-se!
    CARVALHO   *(Erguendo-se)* – És um anjo!
    VALENTINA   – E você é...
    CARVALHO   – Teu escravo!
    VALENTINA   – É um verdugo!
                                    Entretanto, Victor Hugo
                                  disse: *Oh! n'insullez* jamais...
    CARVALHO   – Então? Estou perdoado?
    VALENTINA   – Estás, que tudo se esquece.
(Vendo que Carvalho limpa os olhos)
                                  Choraste?
    CARVALHO   – Se te parece!
                                  Falas como um advogado!
                                  Onde é que as bichas se vendem?
                                  Vou buscá-las.
    VALENTINA   *(Mudando inteiramente de tom)* – Meu amigo,
                                  o ouvires vem ter contigo
                                  e vocês dois cá se entendem.

CARVALHO	– Quem o manda?
VALENTINA	– Eu.
CARVALHO	– Deveras?
VALENTINA	– Eu fiquei de lá ir. *(À parte)* Como tenho de ir ao banco, tomo um carro e vou lá. (Alto) Esperas?
CARVALHO	– Espero.
VALENTINA	*(Beijando-o)* – Adeus.
CARVALHO	– Sedutora!

(Saída falsa de Valentina, pela esquerda, segundo plano)

> Se eu não puder arredar-me,
> conto que hei de desforrar-me
> pela colheita vindoura.

(Senta-se no sofá)

VALENTINA *(Voltando)* – Outra bicota. *(Beija-o)* Mais duas!
A chama do amor me abrasa!
Ainda não saí de casa,
já tenho saudades tuas!
(Vai saindo e para) Não queres ler um pouquinho?

CARVALHO – Quero, sim.
VALENTINA – Olha, aqui tens...

(Dá-lhe o Mosquito e dirige-se para a porta da esquerda, segundo plano)

CARVALHO *(Deitando-se)* – Enquanto tu vai e vens,
eu fico lendo o *Mosquito*.

[Cai o pano]

A jóia

[ATO SEGUNDO]

[*A mesma decoração*]

Cena I

[CARVALHO, só]

[CARVALHO] *(Está ainda deitado no sofá; dorme e sonha alto, muito agitado. O Mosquito está caído a seus pés)*
— Ai! o que é isto? O que é?
Não me agarrem!... Não me puxem!...
Que mais querem!... Desembuchem!...
Não creias nisso, Qué-qué!
(Levanta-se do sofá e desperta, atônito)
Hein? Que foi?... Ah! era um sonho
Um sonho... não há que ver...
Já me lembro: estava a ler
o *Mosquito*... Foi medonho
o pesadelo! Primeiro,
sonhei que havia chegado
à fazenda, e visitado
senzala, alpendre, chiqueiro,
horta, engenho, etcet'ra e tal.
Depois fui ter coa patroa...
Os sonhos são coisa à toa,
pois que não é natural
que eu, se à fazenda chegasse,
do que à madama, primeiro
senzala, alpendre, chiqueiro,
horta e pomar visitasse.
No momento justamente
em que os meus lábios se uniram
aos lábios dela, surgiram,
donde não sei, de repente,
mulheres assim... assim...
(Gestos indicando que eram muitas)
Altas, baixas, magras, cheias;
belas umas e outras feias,
que se acercaram de mim!

Contei dez... mais dez... mais dez!
Saía uma por uma
do teto... do chão... Em suma,
a alma caiu-me aos pés!
Pr'agravar o pesadelo,
dessa tropa feminina
vinha à frente Valentina,
em desalinho o cabelo,
e às outras dizia assim:
" – Segurem-me esse tratante!
Não sabem que é meu amante
e que se afastou de mim?..."
E as outras me carregavam!
Davam-me beijos... abraços...
Disputavam-me nos braços;
aos trambolhões me levavam!
"– Levem-no; tenho o direito
de disputar o seu amor,
pois amo-o... amo-o!..." Senhor!
que pesadelo! No leito
a Qué-qué se revolvia...
Teve mais um faniquito!
Dava gritos! Cada grito
que um surdo despertaria!
Nisto acordei; já de pé,
protestos inda fazia,
e à pobre Qué-qué dizia:
"– Não creias nisso..."

(Batem à porta da esquerda, segundo plano)

Quem é?

O JOALHEIRO *(Fora)* – Um criado de Vossa Senhoria

CARVALHO *(Consigo)* – É o sujeito das bichas. *(Alto)* Pode entrar.

Cena II

[Carvalho, O Joalheiro]

O JOALHEIRO	– Com licença, senhor. Muito bom dia.
CARVALHO	– Bom dia. Faz favor de se sentar.

(Senta-se e indica-lhe uma cadeira)

O JOALHEIRO	– Estou a gosto.
CARVALHO	– Sente-se.
O JOALHEIRO	*(Sentando-se)* – Obrigado.
CARVALHO	*(À parte)* – Olho vivo! Tem cara de judeu.. As bichas, o senhor....
O JOALHEIRO	*(Erguendo-se)* – Um seu criado...
CARVALHO	– ... é que vem...
O JOALHEIRO	– Sim, senhor...
CARVALHO	– ... mostrar?
O JOALHEIRO	– Sou eu.
CARVALHO	– Queira sentar-se. Faz favor de dar-mas?
O JOALHEIRO	*(Tirando a caixa do bolso e abrindo-a. Senta-se)* – Aqui as tem. Perdão! *(Limpa-as mais uma vez)*
CARVALHO	*(À parte)* – Vejam com o tratante apronta as armas!

(O joalheiro entrega-lhe a jóia, que ele examina com atenção)

O JOALHEIRO	– São bonitos, não acha?
CARVALHO	– Acho que são; mas também acho exorbitante o preço.
O JOALHEIRO	– Exor... Meu caro, por amor de Deus! que preço lhe disseram?
CARVALHO	– Seis!
O JOALHEIRO	– Não desço um real. Veja bem!
CARVALHO	*(À parte)* – Estes judeus!
O JOALHEIRO	*(Erguendo-se)* – Que me conste, até hoje aqui não houve dois brilhantes assim! Donos deles fazer-me aos céus aprouve; porém... pobre de mim! Muitos há que desejam possuí-los; mas seu valor não dão... E na vidraça os míseros tranquilos por muito tempo permanecerão!

(*Pausa durante a qual Carvalho continua a examinar os brilhantes, mas com indiferença*)

    Estes brilhantes tinham mais preço
em dois grandes anéis;
mas não nos quero separar. O preço
sãos seis contos de réis.
Se não achar de todo nesta terra
quem os queira comprar,
vou vendê-los à c'roa de Inglaterra
que os não há de enjeitar.

(*Toma os brilhantes, coloca-os nas orelhas e passeia pela sala como uma senhora*)
    Veja que belos são! De conta faça
que uma senhora sou:
eja que alvura!... que ladrões sem jaça!

CARVALHO — Por quatro contos dá-lo quer?
O JOALHEIRO — Não dou;
CARVALHO — Então, amigo, não fazemos nada:
perde o seu tempo e perde o seu latim...
(*À parte*) Se eu me livrar puder desta rascada,
hei de um terço rezar a São Joaquim,
meu glorioso patrono.

O JOALHEIRO (*À parte, embrulhando a caixa*) — A sirigaita
disse-me que o velho dava-me os seis paus;
ela supõe que berimbau é gaita...
Não se lembra que os tempos vão tão maus...
Hei de sempre falar-lhe... talvez queira...
(*Alto, guardando a joia*)
Até mais ver, senhor.

CARVALHO — Passasse bem!
O JOALHEIRO — A palavra já disse derradeira!
Não dá mais nada, não?
CARVALHO — Nem mais um vintém.

(*O joalheiro cumprimenta e sai por onde entrou*)

Cena III

[Carvalho, só]

[CARVALHO] — Seis contos! seis contos! Irribus!
É mesmo muito dinheiro!

Trabalho um semestre inteiro
para seis contos ganhar,
e devo sem mais preâmbulos
gastá-los com Valentina?
Sai muito cara a menina;
não devo continuar...
mas serei bastante enérgico
pra fugir desta voragem?
Bater a linda plumagem,
ir para junto dos meus?
Lembrar-me dos meus negócios?
dos meus compromissos tantos?
de Valentina aos encantos
dizer pra sempre adeus?...
Seis contos! São seis apólices
pra garantir o futuro:
de cinco por cento ao juro
hão de trezentos render!
No fim de quinze anos, chega-se,
com juros acumulados,
a ter dez contos guardados
para o que der e vier.
Seis contos! compra-se um prédio,
que se aluga a dez por cento!
E, afinal, num bom momento
dez contos por ele dão!
Cinco bons escravos mandam-se
vir do Norte de encomenda,
que, a trabalhar na fazenda,
vinte por cento darão!
Eu bem sei que a joia, cáspite!
por seis contos não 'stá cara;
é de uma beleza rara:
o homem no preço está.
Of'reci-lhe uma miséria,
e muito acertadamente;
por quatro contos somente
joias dessas ninguém dá.

(Senta-se na poltrona junto da secretária e fica a meditar com a cabeça entre as mãos e os cotovelos fincados nas coxas. Aparecem à porta da esquerda, segundo plano, Valentina e o joalheiro, que não são pressentidos por Joaquim Carvalho)

Cena IV

[Carvalho, Valentina, O Joalheiro]

    VALENTINA *(A meia voz)* – Ele ali está!... Psiu... sentido!
Vá pra sala de jantar...
(Encaminha-o na ponta dos pés, para a porta da esquerda, primeiro plano)
Queira um instantinho esperar,
enquanto a questão decido.
    O JOALHEIRO *(A meia voz)* – Senhora, se acha isso caro...
Não tento... Tentar não vim...
    VALENTINA *(No mesmo tom)* – Entre e espere. É já. *(O joalheiro desaparece)*
Enfim!
(Logo que o joalheiro desaparece, Valentina machuca o chapéu e desmancha um pouco o penteado)
É preciso este preparo...
(Desde à cena fingindo estar desesperada, e falando em voz muito alta)
Desaforo! Não se atura
Tamanha pouca vergonha!
    CARVALHO *(Arrancado de súbito de sua meditação)*
– Valha-me Deus! vem medonha.
    VALENTINA *(Passeando de um lado para o outro)*
– Fiz uma bela figura!

Cena V

[Carvalho, Valentina]

    CARVALHO *(À parte)* – Ele já sabe de tudo...
Temo-la travada!
    VALENTINA *(Na mesma agitação, senta-se na poltrona e amarrota e rasga o lenço)*
– Inferno!
    CARVALHO *(À parte)* – Está tão zangada,
que incontinente me mudo...
(Pega no chapéu e dispõe-se a sair sorrateiramente)
    VALENTINA *(Levantando-se rapidamente)* – Faça favor!...
    CARVALHO – Valentina...
    VALENTINA *(Imperiosamente)* – Venha cá!

A jóia

CARVALHO	*(Aproximando-se timidamente)* – Cá estou
VALENTINA	– Aqui!
	Como o senhor nunca vi
	homem tão tolo e sovina!
	Vá-se embora, se quiser,
	nem mais um segundo tarde!
	Mas saiba que é de um covarde
	maltratar uma mulher!
	Pois se é tão pobre o senhor,
	que meia dúzia de contos
	não tem na carteira prontos,
	e deles possa dispor,
	por que razão prometeu
	dar-me uma joia?...
CARVALHO	– Eu te digo...
VALENTINA	*(Passeando agitada)* – Supu-lo tão meu amigo...
CARVALHO	*(Acompanhando-a)* – E eu não sou amigo teu?
VALENTINA	– Encontrei ali na esquina
	o joalheiro! Se ouvisse
	as coisas que ele me disse!
CARVALHO	*(No mesmo)* – Mas ouve cá, Valentina...
VALENTINA	– Julga o senhor por acaso
	que eu não tenho quem me dê
	seis... vinte contos?! não vê!
	Sou eu que não faço caso
	de muitos banqueiros que andam
	a fazer-me roda!... Ontem
	(deixá-los que desapontem:
	não recebo o que me mandam!)
	um lá da Rua Direita
	que fez fortuna a galope,
	mandou-me num envelope
	um conto! Fiz-lhe a desfeita
	de não querer: devolvi-lho!
CARVALHO	– Ele não te conhecia?
VALENTINA	– Não senhor.
CARVALHO	– Foi covardia:
	maltratou-te! Ai, que se o pilho!
VALENTINA	– Covardia foi a sua!
	Uma covardia enorme!
CARVALHO	– Mas ouve, afinal!
VALENTINA	– Expor-me

	ao ridículo na rua!
	Escute, senhor... Seu nome?
	Sempre me esquece!...
CARVALHO	– Carvalho
	Pra evitar este trabalho,
	aqui tem um cartão. *(Dando-lhe)* Tome.
VALENTINA	– Escute: se o senhor fosse
	um pobretão, um mendigo;
	se não trouxesse consigo
	os contos de réis que trouxe,
	o mesmo afeto lhe tinha,
	a mesma atenção lhe dava,
	o mesmo agrado mostrava,
	o mesmo gosto mantinha!
	Mas o senhor está bem...
	Antes o não estivesse...
CARVALHO	*(À parte)* – Esta agora! se eu soubesse
	não tinha gasto vintém...
VALENTINA	– Em minha casa que paga
	julga o senhor, porventura,
	a amizade santa e pura
	desta infeliz que o afaga?
	Pois saiba que o seu dinheiro,
	se o gasta, não é comigo!
CARVALHO	– Pois eu não gasto contigo?
VALENTINA	– Não, senhor. Ouça primeiro
	e depois fale à vontade.
	(Fazendo-o sentar-se à força na poltrona)
	Sente-se... Vamos! convenha...
	Acha provável que tenha
	mais doce comodidade
	em qualquer outra poltrona?
CARVALHO	– Não acho, não, certamente
	que este cômodo excelente
	nenhuma outra proporciona.
VALENTINA	– Bem! agora venha cá.
	(Fá-lo erguer-se da poltrona e deitar-se no sofá)
	Deite-se... deite-se! Assim!
CARVALHO	*(Deitado)* – Mas que queres tu de mim?
VALENTINA	– Que tal acha este sofá?
	Diga... Diga!
CARVALHO	– É uma obra prima!

A jóia

                      É o melhor sofá do mundo!
                      A gente vai para o fundo
                      e depois volta pra cima!
                      Hoje - não te digo nada -
                      fiz uma bela soneca!
VALENTINA   – Levante um pouco a careca,
                      e chegue mais a almofada.
CARVALHO   *(Depois de obedecer)* – Estou no sétimo céu!
VALENTINA   – Pois bem: venha ver o oitavo!
                      Erga-se! siga-me!
(Leva-o à porta da direita alta)
     CARVALHO   *(Olhando para dentro)* – Bravo
                      Que belo sobrecéu!
                      que cortinado bonito!
VALENTINA   – E a cama?
CARVALHO   – A cama conheço...
VALENTINA   – Que tal?
CARVALHO   – Um traste de preço,
                      de um gosto muito esquisito
                      pouco mais alta que o chão...
VALENTINA   – É moda agora...
CARVALHO   – Sei... sim...
                      A gente, se faz assim,
                      bate nas esteira coa mão
                      Minha cama na fazenda
                      é deste tamanho...
VALENTINA   – É alta!
CARVALHO   – Ninguém para cima salta
                      sem que a dar um pulo aprenda!
                      Por causa disto a madama
                      viu-se muito embaraçada:
                      muito depois de casada,
                      não se deitava na cama,
                      sem subir por uma escada!
                      Hoje pula como um gato!
VALENTINA   *(Apontando sempre para o quarto)*
                      – Veja que lindo tapete!
                      que magnífica toalete!
                      que guarda-roupa!
CARVALHO   – É exato.
VALENTINA   – Peanhas, estatuetas,
                      ondinas de biscuit!

(*Percorrendo a cena e mostrando a sala, trazendo Carvalho pela mão*)
Veja: nada falta aqui!
Chinoiseries, bocetas,
e reposteiros de rendas!
Espelhos, lindas gravuras
em suntuosas molduras!

CARVALHO — Sim, tens aqui muitas prendas.
VALENTINA (*Descendo à cena*) — Muito dinheiro enterrado
está aqui!
CARVALHO — Tens gosto. Toca!
VALENTINA (*À parte*) — Na Rua da Carioca
tem sido tudo comprado...
CARVALHO — O que te digo é que há trastes
que com o dono parecem!
Teus olhos tudo merecem;
que importa que tudo gastes?
VALENTINA (*Aproximando uma cadeira*)
— Meu caro, agora expliquemo-nos.
Os cobres que me tem dado
emprego... tenho empregado
em tudo isto...
CARVALHO — Sei.
VALENTINA — Sentemo-nos.
CARVALHO — Sim... tanto se paga em pé
como sentado. (*Senta-se*)
VALENTINA — O senhor
não traz o meu puro amor
dentro do *porte-monnaie*
Paga poltrona macia,
leito fofo e perfumado,
suntuoso cortinado,
custosa tapeçaria.
Os carinhos de uma amante
com beijos se restituem:
eles não se retribuem
com sujo metal sonante.
Este rifão acertado
sempre na memória traga:
amor com amor se paga...
CARVALHO — É muito velho o ditado
porém não menos o é
o que diziam meus tios...

VALENTINA — Qual é?
CARVALHO — Dois sacos vazios
não se podem ter de pé.
E há mais outro...
VALENTINA — Ouça primeiro:
o senhor gosta do luxo;
pois bem: aguente o repuxo,
uma vez que tem dinheiro.
Eu, para estar de harmonia
com o luxo que vejo em roda
de mim, devo andar à moda,
ter preciosa pedraria.
Quer que lhe tenha paixão,
sem que lhe custe brilhantes?
Vivamos quais dois amantes
dos tempos que já lá vão.
Pr'algum romance ou comédia
terão assunto depois!
Carvalho! sejamos dois
amantes da Idade Média!
Lá, numa ilha deserta,
longe da vista mundana,
vivamos numa choupana
de verdes folhas coberta!
Deixa tudo quanto tens,
esposa, filha, fortuna!
Nada disso se coaduna
coa vida que viver vens.
Sim ou não? Responde, enfim! *(Erguendo-se)*
Mas nos teus olhos eu leio
a hesitação, o receio...
É que só me amas assim!
Se por acaso me visses
magra, suja, maltrapilha...
CARVALHO *(Levantando-se)* — Onde, meu Deus?...
VALENTINA — Na tal ilha...
... duvido que tu sentisses
a caridade vulgar,
sequer, por esta a quem hoje
o dinheiro foge, foge,
porque quer decente andar.
Se me amas porque sou bela,

        mais bela faze-me ainda:
        verás como fico linda
        com os tais brilhantes!
  CARVALHO *(À parte)* – Cautela!
(Conduz Valentina para o sofá e sentam-se)
        Agora atenção me presta?
        Pois não me interrompa, e ouça!
        Arre! que nunca vi moça
        mais exaltada que esta!
        Eu quero dar-te as tais bichas:
        tomo o céu por testemunha!
        Mas tomas o pião à unha
        e desejas que haja rixas
        onde amor só deve haver!
        – É um refinado tratante,
        (acredita!) o meliante
        que as tais bichas quer vender.
        Conheço aquele menino!
        e juro, por Quem nos ouve,
        que até esta data, não houve
        quem me enganasse... sou fino.
  VALENTINA – Muito fino! És um portento!
  CARVALHO – As bichas são muito belas;
        mas ele pede por elas
        mais cinquenta por cento
        do que deve! O maganão
        quer roubar duma assentada
        dois contos! Que vá pra estrada,
        de bacamarte na mão!
        Já fiz ver ao tal sujeito:
        por quatro coas bichas fico.
        E não abro mais o bico
        a semelhante respeito.
(Ergue-se e passeia pela sala, com as mãos nas costas. Pausa)
  VALENTINA *(À parte)* – Que ideia! *(Levanta-se. Alto)*
        Bem pouco entendo
        de joias.
  CARVALHO – Entendo eu!
        Por isso o preço ao judeu
        fui logo, logo dizendo.
  VALENTINA – Não sei se estás a iludir-me;
        se as bichas valem somente

	o preço que dás...
CARVALHO	– Ó gente!
	Outro ouvires que o confirme!
	(À parte) Se ela indaga, estou perdido!
VALENTINA	– Pode bem ser que não queiras
	dar-me os seis contos e...
CARVALHO	– Asneiras!
	Não quero é ser iludido!
	Faze-me mais um discurso!
	vem-me com outras cantigas!...
	mas olha que não me obrigas
	a fazer figura de urso!
VALENTINA	– Não queres gastar, mau, feio!
	Tens um meio extraordinário
	para provar-me o contrário.
CARVALHO	– Vamos lá ver esse meio.
VALENTINA	– Vou falar já com o ouvires,
	se o valor a joia tem
	que dás, ele cede...
CARVALHO	– Bem!
VALENTINA	– Mas, para que não te prives
	do gosto de me of'recer
	os seis contos por inteiro...
CARVALHO	*(À parte)* – Aí! que aí volta o pampeiro!
	(Alto) Mais eu não posso entender...
VALENTINA	*(Afagando-o)* – Não te contrario: assim
	bem mostro que te idolatro:
	se a joia compras por quatro
	dar-me-ás os dois para mim.
CARVALHO	*(À parte)* – Ai, ela agora filou-me!
VALENTINA	*(Largando-o)* – Hesitas? Eu logo vi!
CARVALHO	*(Titubeando)* – É que... tu sabes... mas... se...
	(À parte) 'Stou arranjado! apanhou-me!
VALENTINA	– Senhor, supus...
CARVALHO	– Não te excites;
	eu vou buscar o dinheiro...
	manda chamar o joalheiro. *(Tomando o chapéu)*
	Mas ouve, e não te arrebites:
	se ele der por quatro, é tua
	e tens mais dois. Se não der
	por isso, não hás de ter

33

nem joia nem... *(Sinal de dinheiro)*
VALENTINA – Anda! Rua!
(Carvalho sai)

Cena VI

[Valentina, depois O Joalheiro]

VALENTINA   *(Dirigindo-se à porta por onde saiu Carvalho)*
– Tu queres fazer-te de esperto...
Oh! mais esperta sou eu!
O JOALHEIRO   *(Pondo a cabeça fora da porta)*
– Entrar já posso?
VALENTINA   – Decerto.
O JOALHEIRO   *(Descendo à cena)* – Tolo! chamar-me de judeu
e tratante! Eu tudo ouvi
por trás daquela cortina!
VALENTINA   – Viu que o maldito sovina
diz que não valem...
O JOALHEIRO   – Vi... vi....
Quem lhe dera que valesse
tanto quanto os meus brilhantes!
Mas olhem que estes amantes...
VALENTINA   – Todos eles são como esse!
Já homens eu não descubro.
Ora, imagine que há meses,
e isso se dá muitas vezes,
em que as despesas não cubro!
O JOALHEIRO   – Também me queixo um bocado,
pois o negócio vai mal,
tudo o que vendo é fiado
e não recebo um real!
Mas vamos; em que ficamos?
Olhe: tentá-la não quero...
VALENTINA   – Uma ideia tenho; espero
que há de aprová-la.
O JOALHEIRO   – Vejamos...
VALENTINA   – Disse ele que, se comprar

A jóia

O JOALHEIRO	por quatro contos a joia, dá-me dois contos, e foi à casa o dinheiro buscar. – Sei tudo e não peço bis, graças àquela cortina. Saiba, Dona Valentina, que é uma primorosa atriz! Sei o que quer: que lhe entregue a joia por quatro agora, para receber da senhora os outros dois: pois sossegue: estou por tudo, na 'sp'rança de que os seis contos receba.
VALENTINA	– Mas ele que não conceba a menor desconfiança!
O JOALHEIRO	– E os dois contos? Onde estão?
VALENTINA	– Dar-lho-ei quando os tiver.
O JOALHEIRO	– Como assim?
VALENTINA	– Quando mos der o fazendeiro.
O JOALHEIRO	– Isso não!
VALENTINA	– Dúvida de mim?
O JOALHEIRO	– De tudo! Ai, minha rica senhora, não me dizia inda agora que este tempo anda bicudo? Desculpe... que quer? Sou franco...
VALENTINA	– 'Stá bem. 'Stá bem! Não insisto: é justo. *(Tirando papéis do bolso)* Sabe o que é isto?
O JOALHEIRO	– Olé! São cheques do banco!
VALENTINA	– Que horas tem?
O JOALHEIRO	*(Vendo o relógio)* – É meia hora.
VALENTINA	– Pois vou buscar o dinheiro. Quando vier o fazendeiro...
O JOALHEIRO	– Vá descansada a senhora: julguei que só mo daria quando lho desse o sujeito. Há de encontrar tudo feito, quando voltar coa quantia.
VALENTINA	*(Pondo o chapéu)* – Posso fazer um bom gancho...
O JOALHEIRO	– Quatro contos arrecada;

	mas se está contrariada,
	todo o negócio desmancho:
	não tento...
VALENTINA	– Espere-o. Adeus *(Sai)*
O JOALHEIRO	– Vá descansada.

Cena VII

[O Joalheiro, só]

O JOALHEIRO – É barato;
mas o lucro imediato
é bem bom, graças a deus!
Daqui a dez dias talvez
a joia não seja dela:
por cinco me há de vendê-la;
por sete a vendo outra vez.

(Desembrulha a caixa da joia, que tira da algibeira, abre-a, e contempla-a com ar compassivo)

Alvos brilhantes, peregrina joia,
vou brevemente me ausentar de vós!
De vendedor não julgueis ser tramoia
este elogio que vos teço a sós!

Ninguém nos ouve nem nos vê; portanto
não é suspeito o cândido louvor.
Sinto nos olhos da saudade o pranto,
sinto no peito a languidez do amor!

Durante o tempo em que tu foste minha,
prenda formosa, prenda sem rival,
todos os dias à minh'alma vinha
lástima prévia... Adivinhava o mal!

Adivinhava enfeitarias breve
o corpo impuro que te apeteceu;
foi rara joia de valor que teve
melhor destino que o destino teu.

Ai, se eu te visse envelhecida, gasta...

toda arranhada... não fazia mal...
Mas nas orelhas de uma esposa casta...
prenda formosa, prenda sem rival!

Cena VIII

[O Joalheiro, Carvalho]

CARVALHO — *(Entrando)* — Ora viva! *(À parte)* Ele por cá!
É mau sinal... *(Vendo a joia)*
E os brilhantes...
O JOALHEIRO — 'Stava aqui há alguns instantes
a sua espera.
CARVALHO — Onde está
Valentina?
O JOALHEIRO — Saiu; tinha
algumas voltas que dar.
CARVALHO — E o senhor vem cá buscar
o quê?
O JOALHEIRO — Eu lhe digo... eu vinha...
CARVALHO — Para que voltou aqui?
O JOALHEIRO — Saiba Vossa Senhoria...
CARVALHO — Uma ridicularia
pela joia ofereci.
Não quer decerto vendê-la
por quatro contos...
O JOALHEIRO — A instâncias
das minhas circunstâncias,
sou obrigado a cedê-la. *(Dando-lhe a joia)*
Aqui tem. Tudo isto é seu.
De não vendê-la com medo
a qualquer outro, é que a cedo
pelo que me ofereceu.
CARVALHO — *(Sem aceitar a joia)*
— O quê? Pois por quatro contos
quer ma ceder?... Vale seis!
O JOALHEIRO — De quatro contos de réis
nós precisamos de pronto.
Se inda agora não cedi,

foi porque tinha contado
com eles por outro lado..
É sua joia: ei-la aqui! *(Entrega-lha)*
É pechincha! Mas... que quer?
Tenho uma letra a vencer-se... *(Vendo o relógio)*
E não me dá que converse
vinte minutos sequer.
CARVALHO — Se Valentina tivesse
dinheiro acaso, diria
que entre o senhor e ela havia
combinação.
O JOALHEIRO *(A meia voz)* — Mas, se houvesse,
eu, muito em particular,
Tudo diria.
CARVALHO — Acredito
(À parte) Outro remédio - bonito -
não tenho senão pagar!
O JOALHEIRO — Veja que esplêndidos são!
Veja que são opulentos!
CARVALHO *(Deita a caixa da joia sobre o sofá, tira do bolso a carteira e dá notas do banco ao joalheiro)*
— Oito notas de quinhentos!
O JOALHEIRO *(Depois de conferir e guardar o dinheiro)*
— Da nossa casa o cartão
aqui tem.
CARVALHO — Faça favor...
Traz estampilha?
O JOALHEIRO — Sim, trago...
CARVALHO *(Apontando para a secretária)*
— Diga-me ali que está pago.
O JOALHEIRO — Pois não; é pouco trabalho.
(Senta-se à secretária, toma papel e pena)
Seu nome? - Que bom papel!
CARVALHO — O Tenente-coronel
Joaquim dos Santos Carvalho.

(O joalheiro escreve. A porta da esquerda, segundo plano, aparece João de Sousa)

Cena IX

[O Joalheiro, Carvalho, João de Sousa]

CARVALHO *(Admirado, vendo Sousa)* – Ó compadre João de Sousa!
SOUSA *(Também admirado)* – Ó compadre!
(Correm um para o outro e abraçam-se com efusão)
O JOALHEIRO *(Parando de escrever, consigo)* – Me enternecem!
(Aproximando-se dos dois, que novamente se abraçam em silêncio)
– Uma vez que se conhecem,
mandem vir alguma coisa.

[Cai o pano]

ATO TERCEIRO

A mesma decoração

Cena I

[João de Sousa, Joaquim Carvalho]

(Este sentado na poltrona, aquele de pé)

SOUSA — Agora, caro compadre,
que boas novas te dei
dos pequenos, da comadre,
que de saúde deixei,
explica a tua presença
aqui
CARVALHO — É bem natural.
SOUSA — Se me concedes licença,
direi que começa mal:
meter aqui o bedelho
homem casado não vem!
E além de casado, velho!
De natural nada tem...
CARVALHO — E você? como é que explica
sua presença? Ande lá!...
SOUSA — A minha só significa
que sou bom pai: aqui está!
Na casa em que estou agora
não era capaz de entrar,
me pagassem muito embora!
CARVALHO *(À parte)* — E eu entro para pagar...
SOUSA — Fui obrigado a fazê-lo...
Hei de contar-te depois.
Mas, tu, compadre! Um modelo!
CARVALHO — Ouve, e fique entre nós dois...
Porém, agora reparo
que não te queres sentar!
SOUSA — Eu tenho um caráter raro,
tenho uma alma singular!
Sentar-me nestas cadeiras!

A jóia

              Livre-me Nosso Senhor! *(Escarra e cospe)*
              Cuspir nas escarradeiras
              farei... por muito favor.
              Da morte embora nas ânsias,
              sentar-me... Oh! Não sou capaz!
              Eu não venço as repugnâncias
              que esta miséria me faz!
              Este luxo deslumbrante
              é vil, é mais do que vil:
              produto negro, infamante,
              do falso amor mercantil!
              Não sei que nome lhe quadre,
              não sei seu nome qual é...
              (Outro tom) Você desculpe, compadre,
              mas hei de ouvi-lo de pé.
CARVALHO – És rigoroso, contudo...
SOUSA – Eu penso assim...
CARVALHO – Pensas bem. *(Erguendo-se)*
              E para dizer-te tudo,
              eu me levanto também.
              (Depois de alguma pausa)
              Como sabes, compadre, vim à corte
              vender uma partida de café;
              era gênero de primeira sorte;
              nos comissários não fazia fé.
              Fiz bom negócio. Efetuada a venda,
              as malas a arrumar me decidi.
              Os deveres chamavam-me à fazenda...
              Infelizmente Valentina vi...

              Encontrei-a no Prado Fluminense;
              ela, a sorrir, mandou-me o seu cartão...
              Um pecador que se já não pertence
              tornei-me desde aquela ocasião.

              Vivemos sós. Aqui ninguém mais entra.
              Neste retiro sinto-me feliz.
              E a minha f'licidade se concentra
              no que ela pensa, ordena e diz!

              Forçoso é dar um paradeiro a isto!
              Lá na fazenda espera-me o dever!

É grande a sedução, mas eu resisto:
e posso me ausentar quando entender!
Com parcimônia me regrado tenho;
só um conto gastei; nem mais um vintém.
Só hoje é que quatro gastar venho
co'estes brilhantes que lhe dei.

SOUSA (*Pega na joia; depois de examiná-la com indiferença*)
— Pois bem.
(*Deixa a joia onde estava. Pausa*)
Compadre, vou expor-te:
apareceu lá na roça,
em minha casa... na nossa...
um rapaz aqui da corte.
Foi há seis dias... e meio.
Como pelo meu cunhado
me fora recomendado,
em minha casa hospedei-o.
— Era muito divertido;
conversa muito bem;
finalmente, que haja alguém
mais simpático duvido.
Descobri (sabes, meu rico,
que não há quem me embarrele)
que entre minha filha e ele
havia seu namorico.
Tu sabes: eu sou pão-pão.
queijo-queijo; sabes?
CARVALHO — Sei.
SOUSA — Por isso lhe perguntei
qual era sua intenção.
Era casar. Ela quer...
Eu não sou dos mais incautos,
pois não estive pelos autos...
e disse à tua mulher:
"Vamos ver se ele a merece.
Não é seguir boa trilha
entregar um pai a filha
a um homem que não conhece."
— Portanto, a missão que trago
é indagar; tu bem compreendes

CARVALHO	que, se a filha me pretendes e eu não te conheço, indago. – Ele é só?
SOUSA	– Tem uma irmã viúva e muito bonita, que nesta cidade habita.
CARVALHO	– Tu viste-a?
SOUSA	– Certa manhã vi-lhe o retrato: é bonita Ele ficou de voltar para saber da resposta; minha filha está disposta a se esquecer, ou casar. Minha medida acertada não achas?
CARVALHO	– Acho.
SOUSA	*(Inflamando-se)* – Pois bem; sabes, compadre, com quem casava a tua afilhada, se eu não fizesse este exame?
CARVALHO	*(Intrigado)* – Com quem?
SOUSA	*(Indignado)* – Com um homem nojento, um tipo asqueroso, odiento, maroto, velhaco, infame!
CARVALHO	*(Benzendo-se)* – Valha-me Nossa Senhora!
SOUSA	– Esse covarde, esse réu de polícia, é chichisbéu da sujeita que aqui mora!...
CARVALHO	– De Valentina?! Não!... Qual!... Enganaram-te compadre... Pintaram contigo o padre... Aqui não entra um mortal!
SOUSA	– Não entra! Digo-te mais: esse miserável homem qual outros que á custa comem destas harpias sensuais, pelas famílias malditas, é quem às compra lhe vai, quem com ela às vezes sai... É quem lhe traz as visitas!...
CARVALHO	– E tu, por mais que me digas, compadre, estás enganado.

SOUSA — 'Stou muito bem informado:
é seu chichisbéu!
CARVALHO — Cantigas!
SOUSA — Tens uma venda nos olhos,
pois deixa que hei de arrancar-ta
enquanto é tempo, te aparte
destes ásperos abrolhos.
Não seja o tipo eterno
do ridículo matuto,
o lorpa, o simples, o bruto,
sem juízo, sem governo!
a quem já nem mesmo importa
mulher ou filha, se topa
um desses demos que a Europa
todo os dias exporta!
— Como vês, compadre, aqui,
a este lupanar lascivo,
me trouxe melhor motivo
que o mau que te trouxe a ti.
Meu espírito recua
em frente desta desonra:
mas venho salvar a honra...
e tu vens perder a tua...
— Que mal vos fazem, serpentes -
víboras vis, - não direi
homens assim *(Aponta para Carvalho)* que bem sei
vos procuram imprudentes;
porém a esposa, que vive
da confiança do esposo,
e perde da alma o repouso
ao mais ligeiro declive
da sua felicidade?!
É o filho, cujo futuro
'stá no respeito seguro
do pai pela sociedade?...
— Tua mulher nunca teve
brilhantes. Nunca lhos deste,
e contudo os dá a peste
que na corte te reteve,
enquanto lá na fazenda
o obrigação te esperava
e ao deus-dará tudo andava!...

A jóia

– Que o que digo não te ofenda;
mas o teu procedimento,
compadre, não tem desculpa!
Não lava tão grande culpa
sincero arrependimento!
– Vamos! nem mais estejamos
em casa desta mulher!
Amanhã, se Deus quiser,
o trem de ferro tomamos. *(Pegando na jóia)*
A jóia! ninguém a pilha!...
Sou eu que a quero guardar. *(Abrindo a caixa)*
Olha, isto fica a matar
na orelha de tua filha...
(Guarda a jóia na algibeira)
Como hás de ficar contente
– parece-me estar a ver -
quando Laura agradecer
um tão bonito presente.
Ouve os meus conselhos sábios:
de Laura os beijos na testa,
certo valem mais que o que esta
mendiga te dá nos lábios.
Vamos! Anda! *(Dá-lhe o chapéu e o sobretudo)*

CARVALHO *(Vestindo o sobretudo e pondo o chapéu)*
– Não discuto
sobre a verdade dos fatos,
que não sei se são exatos,
nem mentirosos reputo.
Vamos embora, mas quero
que, antes de irmos, te convenças
desses boatos que ofensas
me parecem.

SOUSA – Pois espero
Nós aqui, com alguma arte,
tudo havemos de descobrir;
tomara que eu possa rir
de maneira que me farte. *(Dispondo-se a sair)*
Espera-me alguns instantes,
Em casa desta jiboia
não há de ficar a jóia.
Confia-me os teus brilhantes. *(Sai)*

45

Cena II

[Carvalho, só]

CARVALHO — Zombaram do compadre! Aquele coração
não pode alimentar tamanha perversão!
Valentina é um anjo: as lágrimas que chora
não se podem fingir. Não digo que me adora,
mas ama-me, decerto. Um anjo, que me diz:
"Se tu não fosses rico, eu era mais feliz!"
Eu não lhe pago o amor; apenas eu lhe pago
as cadeiras, o leito, o canapé que estrago
e os quadro que desfruto. O mal, o grande mal
foi vê-la e gostar dela. É muito natural
que um velho feio, achando uma mulher que o ame
que, sem saber se é rico, o seu amor reclame,
sinta que lhe desperta o morto coração. *(Pausa)*
Mas o compadre... Não! Não é possível! não!
O compadre... Ora adeus! Até causou-me tédio!
Vamos, Joaquim Carvalho: o que não tem remédio
remediado está. É preciso sair!
Mas não como ele quer; sair e não fugir!
A ingratidão não está na minha natureza.
As bichas hão de ser a última despesa...

Cena III

[Carvalho, Gustavo]

GUSTAVO *(Entrando sem cerimônia, sem reparar em Carvalho, pela esquerda, segundo plano)*
— Valentina
(Vê Carvalho e tira o chapéu atrapalhado)
— Perdão... perdão...
CARVALHO — Quem é?
GUSTAVO — Senhor,
eu vinha procurar... o doutor... o doutor...
CARVALHO — O senhor, ao entrar, exclamou: — Valentina!
Pois é quem mora aqui. Que quer dessa menina?
GUSTAVO — Não! Vossa Senhoria enganou-se...

CARVALHO	– Ora qual!
	Ouvi distintamente o seu nome.
GUSTAVO	– Ouviu mal.
CARVALHO	– Pior é essa! Ouvi – Valentina!
GUSTAVO	– Eu procuro
	o doutor... Perdigão...
CARVALHO	– Ai, mau!
GUSTAVO	*(À parte)* – Não acho furo!
	(Alto) Julguei que aqui morasse o Doutor Perdigão:
	É Vossa Senhoria?
CARVALHO	– Ai, mau!
GUSTAVO	*(À parte)* – Que entalação!
CARVALHO	– Antes de entrar aqui, devia bater palmas!
	Nesta população de quinhentas mil almas
	só o senhor assim procede!
GUSTAVO	– Mas, senhor,
	eu vinha procurar o doutor...
CARVALHO	– Que doutor!
	A senhora que aqui reside não é dessas...
	Vá lá! Não continue! Sai-lhe o trunfo às avessas!
GUSTAVO	– Pois bem, adeus; perdoe um desalmado!
CARVALHO	– Bem!
	(Enquanto Gustavo sai por onde entrou)
	Aqui não se costuma a desmentir ninguém.

Cena IV

[Carvalho, só]

CARVALHO	– Que grandíssimo idiota!
	Talvez que também suponha...
	É muito pouca vergonha...
	(Depois de dar alguns passos pela sala, para, como ferido por uma ideia súbita)
	Esperem! Este janota
	será o tal chichisbéu
	de quem falou inda há pouco
	o meu compadre?.. Estou louco!
	Não pode ser. Deus do céu!
	Porém verdade, verdade,

não deve entrar um estranho
assim com tanto arreganho,
com tamanha liberdade
em casa e uma pessoa
que não conhece! Ele entrou,
e "Valentina" gritou!
Havia de entrar à toa
sem que por ela estivesse
autorizado? Não vê!
Ah! compadre, que você,
se não tem razão, parece...
(Fica pensativo. Senta-se no sofá)

Cena V

[Carvalho, Sousa]

SOUSA *(Entrando pela esquerda, segundo plano, e indo a Carvalho)*
— Donde estão os teus brilhantes
nem mil mulheres os tiram!
(À parte) Do bolso meu não saíram;
é bom que os julgues distantes
pelas dúvidas... *(Alto)* Então?
Que tens, que estás pensativo?...
dessa tristeza o motivo
ou motivos quais são?
Dar-se-á caso que o remorso
dos teus negros pecadilhos
contra a esposa e contra os filhos
se te escarranchasse ao dorso?
Serão saudades pungentes
daqueles que tanto adoras?
Como eles choram, já choras?
O que eles sentem já sentes?
Ou simplesmente suspeitas
são de que verdade era
quanto disse da megera
por quem a perder te deitas?

CARVALHO *(Erguendo a cabeça)* — Não é nada.

SOUSA — Dentro em pouco
sucede à melancolia,
que o teu semblante anuvia
um contentamento louco!
(Aproximando-se de uma das janelas e entreabrindo a cortina com a bengala)
A recrudescer começa
o movimento das ruas. *(Consultando o relógio)*
Já passa um quarto das duas. *(Olhando para a rua)*
Compadre, vem cá depressa!
CARVALHO *(Erguendo-se e aproximando-se de Sousa)*
— O que é?
SOUSA *(Apontando para a rua)* — Vês ali parado
aquele sujeito... Aquele...?
Pois é o chichisbéu!
CARVALHO *(Como reconhecendo)* — É ele!...
SOUSA — Vais ver se estou enganado,
ou se é certo o que te disse!
Há de ficar cuma cara...
CARVALHO *(Olhando para a rua)* — Lá vem Valentina; para;
conversa com ele; ri-se!
Parece que ele lhe conta
a aventura de inda há pouco...
SOUSA — Que aventura?...
CARVALHO — Que descoco!
Para este lado ele aponta.
SOUSA *(Que tem observado)* — Espera! Se não me engano
é a senhora do retrato!
CARVALHO — Quem? Aquela? *(Aponta)*
SOUSA — Exato! Exato!
CARVALHO — Que é Valentina te digo!
SOUSA — Valentina! Valentina!
Ela chama-se Joaquina
e é mana do tal amigo.
(Tirando Carvalho pelo braço)
Depressa! Esconde-te cá
Por detrás desta cortina,
se é Joaquina ou Valentina,
verás!
(Faz com que Carvalho se coloque atrás da cortina da outra janela. Olhando para a rua)
— Eles aí vem já! *(Indo para a outra janela)*
Eu aqui também me escondo.
Não faças rumor!

CARVALHO (*Escondido*) – Descansa.
SOUSA – Deixa, que a nossa vingança
há de aqui fazer estrondo!
CARVALHO (*Pondo a cabeça para fora*)
– Mas que queres tu que eu faça?
SOUSA – Se ver tudo não puderes,
ao menos ouve!
CARVALHO – Ah! mulheres!...
SOUSA (*Abrindo a cortina com repugnância*)
Pegar nisto! Que desgraça!
CARVALHO – É preciso ser malvada,
para que esta moça me iluda:
tantas provas dei...
SOUSA – Caluda!
que sinto passo na escada.
(*Desaparecem ambos*)

Cena VI

CARVALHO, SOUSA, escondidos, VALENTINA, depois GUSTAVO

    VALENTINA (*Entra pela esquerda, segundo plano, e começa a procurar Carvalho*)
– Carvalho! Joaquim Carvalho!
Quincas! Quincas! Carvalhinho!
(*Entra, procurando sempre, na direita, primeiro plano*)
    CARVALHO (*A meia voz, pondo a cabeça para fora*)
– Que diz a isto, ó vizinho?
    SOUSA (*No mesmo*) – É preciso tempo; dá-lho. (*Escondem-se*)
    VALENTINA (*Volta e convencida que está só, vai à porta da esquerda, segundo plano, e diz para fora*)
– Podes vir, que foi-se embora. (*Vem sentar-se*)
Fecha a porta à chave. (*Gustavo entra*)
CARVALHO (*À parte*) – É ele.
    GUSTAVO – Então foi-se embora aquele
'stúpido?
    CARVALHO (*Na janela, à parte*) – Hein?
    VALENTINA – Foi-se.
    GUSTAVO – Inda agora estava ele aqui.

VALENTINA	– Já sei...
	já me disseste... Mas vamos...
GUSTAVO	– Lá vou.
VALENTINA	– Tempo não percamos.
GUSTAVO	*(Sentando-se em uma cadeira)*
	– Numa vila em que eu andei,
	hospedou-me um fazendeiro
	que se chama João de Sousa;
	tipo que deve ter coisa
	de cem contos em dinheiro.
	Tem uma filha bem boa;
	tivemos logo um derriço
	pequeno...
VALENTINA	– Não passou disso?
GUSTAVO	– Nada! Há coisa que mais doa
	que uma carga de pau?
	– O pai, que não é simplório,
	deu-me a entender que o casório
	não tinha nada de mau.
	Não refleti um momento...
SOUSA	*(À parte)* – Mas eu é que refleti.
GUSTAVO	– Sem mais nem menos, lhe pedi
	a pequena em casamento...
VALENTINA	– Mas isso não vem ao caso...
GUSTAVO	– Do resto vou por-te ao fato:
	eu levava o teu retrato
	comigo, por mero acaso.
	O velhote estava um dia
	a meu lado, e viu nas malas...
	(Eu estava a desarrumá-las.)
	... a tua fotografia.
	Quis saber logo quem era!
	Imagina o que lhe disse
	– fora de certo tolice
	falar verdade.
VALENTINA	– Pudera!
	Na tua situação!
GUSTAVO	– Que eras minha irmã viúva...
VALENTINA	– Tira o cavalo da chuva!
	Pois lhe disseste isso?...

SOUSA	*(À parte)* – Cão!
GUSTAVO	– O velho achou-te uma flor! Muitos elogios fez-te! Enfim, nunca tiveste mais sincero admirador!
VALENTINA	– Finalmente... o que concluis?
GUSTAVO	– Que concluo? Ora essa é boa? Que do velho na pessoa raro tesouro possuis! Armamo-lhe um forte logro! Ele supõe que és honesta: casa-se contigo.
CARVALHO	*(À parte)* – E esta?...
GUSTAVO	– Por esse tempo é meu sogro. Liquidamos o que houver *(Ação de furtar)* e fugimos para a América! – Que tal esta ideia?
VALENTINA	– Homérica!
GUSTAVO	– É um país. como se quer, a América! De lá passamos à Itália, à França, à Alemanha, à Suíça, à Áustria, à Espanha! Todo mundo visitamos! quando voltarmos, ninguém de nós se lembra, descansa...
VALENTINA	– Só de ser rica a lembrança, não sei por quê, faz-me bem.
CARVALHO	*(À parte)* – Custa-me a crer!
GUSTAVO	– Mas que dizes? Se tomas conta do pai e a filha nas mãos me cai, seremos muito felizes! Eu, que desveladamente faço a tua f'licidade, batendo toda a cidade, buscando quem te frequente, venho trazer-te a ventura, a independência talvez!
VALENTINA	– Mas trata-se desta vez de uma arriscada aventura!
GUSTAVO	– Que tem que seja arriscada? Somos alguns trapalhões?

Já pensei nas precauções
que exige a empresa arrojada.
Minha irmã viúva morreu:
podes bem passar por ela,
e o marido que foi dela
passa por marido teu.
Mudas de nome, isso sim!
Em lugar de Valentina,
tu ficas sendo Joaquina.
Ela chamava-se assim.
(Batem à porta da esquerda, segundo plano)
VALENTINA – Quem bate? *(A Gustavo)* Vai para a sala
de jantar. Já lá vou ter.
(Gustavo saí pela direita, segundo plano. Valentina abre a porta. Entra o joalheiro)
Ah! é o senhor!

Cena VII

[Carvalho, Sousa, escondidos, Valentina, O Joalheiro]

O JOALHEIRO – Vim trazer
o seu recibo. Esperá-la
não pude, que o fazendeiro
estava aqui.
VALENTINA – Bem, dê cá.
(O joalheiro dá-lhe o recibo, que ela lê)
O JOALHEIRO – 'Stá tudo conforme?
VALENTINA – Está!
(Tirando um maço de notas da bolsa e dando-lhas)
Aqui tem o seu dinheiro.
O JOALHEIRO *(Depois de contar as notas)*
– Dois contos. Está exato. *(Guardando-as)*
Muito obrigado. – A menina
fez um negócio da china!
Por um preço tão barato
nunca brilhantes daqueles
ninguém possuiu!
VALENTINA – Lamento
que aquele tolo e avarento
não pagasse tudo.

O JOALHEIRO	– E eles.
	Os brilhantes? Já lhos deu.
	o fazendeiro?
VALENTINA	– Inda não;
	mas não tarda aí.
SOUSA	*(À parte)* – Ladrão!
O JOALHEIRO	– Pois aproveite-o.
CARVALHO	*(À parte)* – Judeu!
O JOALHEIRO	*(Apertando-lhe a mão como para retirar-se)*
	– Se os brilhantes quer vender...
VALENTINA	– Por quanto?
O JOALHEIRO	– Por cinco contos...
VALENTINA	*(Pensando)* – Ganho três
O JOALHEIRO	*(Deixando de apertar-lhe a mão e batendo no bolso)*
	– Já cá estão prontos;
	se quiser, é só dizer...
VALENTINA	*(Pensando)* – Não é má ideia, não..
	(Resoluta) Vou consultar com Gustavo...
	Espere um pouco...
	(Sai pela direita, segundo plano)

Cena VIII

[Sousa, O Joalheiro, Carvalho]

O JOALHEIRO	*(Que se julga só)* – Bravo!
	Um conto de pé pra mão!
SOUSA	*(Saindo do seu esconderijo e tomando o braço do joalheiro)*
	– Passe já para cá os cinco contos. Já!
	Não pense! Não reflita! A joia, ei-la aqui está !
(Tira a joia da algibeira e arremessa-a aos pés do joalheiro)	
O JOALHEIRO	(Atônito, apanhando a joia) – Mas, senhor...
CARVALHO	*(Da cortina)* – Não recuse! Em flagrante delito
	por crime preso está de estelionato!
	(Puxando um apito, a Sousa) Apito?
SOUSA	– Não apites! não! – Já cinco contos de réis!
	E dê-se por feliz que eu não lhe peça os seis!
O JOALHEIRO	*(A Carvalho)*
	– Mas Vossa Senhoria há de passar recibo!
	(Dá o dinheiro a Sousa)

CARVALHO Eu dou-lhe o seu, cá está! *(Dá-lho)*
SOUSA *(Tendo verificado o dinheiro)*
— E saiba que o proíbo de estar
mais tempo aqui! Já! Rua!
(O joalheiro sai pela esquerda, segundo plano)
CARVALHO — Muito bem!
SOUSA — Esconda-se, compadre: os ladrões aí vêm.

Cena IX

[Carvalho, Sousa, escondidos, Valentina, Gustavo]

VALENTINA *(Entrando pela direita, segundo plano, acompanhada por Gustavo)*
— Já cá não está.
GUSTAVO — Foi-se embora?
VALENTINA — Arrependeu-se talvez...
GUSTAVO — Pois olha: mesmo por três
é negócio.
SOUSA — Nós agora!
(Salta do esconderijo e agarra Gustavo pelo pulso)
Ai, grandíssimo cachorro!
CARVALHO *(O mesmo com Valentina)*
— Canalha! corja! canalha!
SOUSA *(Agitando a bengala)*
— Vais ver como isto trabalha!
CARVALHO — Pede já perdão!
VALENTINA *(Caindo de joelhos)* — Socorro!...
CARVALHO *(Cruzando os braços)*
— Pois lucrei com a minha vinda aqui!
SOUSA — Com que tua irmã
é uma torpe barregã,
e tu és mais torpe ainda!
Apanha! *(Dá-lhe com a bengala)*
GUSTAVO *(Esquivando-se)* — Senhor!
SOUSA *(Perseguindo-o e dando-lhe)* — Apanha!
Toma! Toma!
GUSTAVO *(No mesmo)* — Ai! Quem me acode?
SOUSA — Toma, patife!
GUSTAVO — Não pode!
(O joalheiro entra pela esquerda, segundo plano e interpõe-se)

CARVALHO	– Pouca vergonha tamanha nunca se viu!
O JOALHEIRO	*(Apartando Sousa e Gustavo)* – Mas que é isto?
SOUSA	– Deixe matar este cão!
CARVALHO	*(A Gustavo)* – Que é do doutor Perdigão?
O JOALHEIRO	– Que fez o pobre de Cristo?
VALENTINA	*(Como ferida por uma ideia súbita)* – E a joia?

(Cai desmaiada em uma cadeira; Sousa e Carvalho dão-se o braço e descem à cena. Gustavo corre para Valentina, e vendo que está desmaiada, sai pela direita, primeiro plano. Saída falsa. O joalheiro fica ao fundo como que apreciando)

SOUSA *(A Carvalho)* – 'Stá satisfeita
de todo a nossa vingança!
Partamos sem mais tardança!

CARVALHO – É compadre, a conta feita,
saio com o cobre que trouxe.

SOUSA – Eu sinto um prazer estranho;
mas hei de tomar um banho
quando sair deste alcouce.

GUSTAVO *(Volta com um frasquinho, que faz aspirar Valentina)*
– Valentina!

SOUSA *(Ao público)* – O exemplo importa
da estranha aventura nossa,
não só aos tolos da roça
como aos espertos da corte.

[Cai o pano]

FIM